U0131171

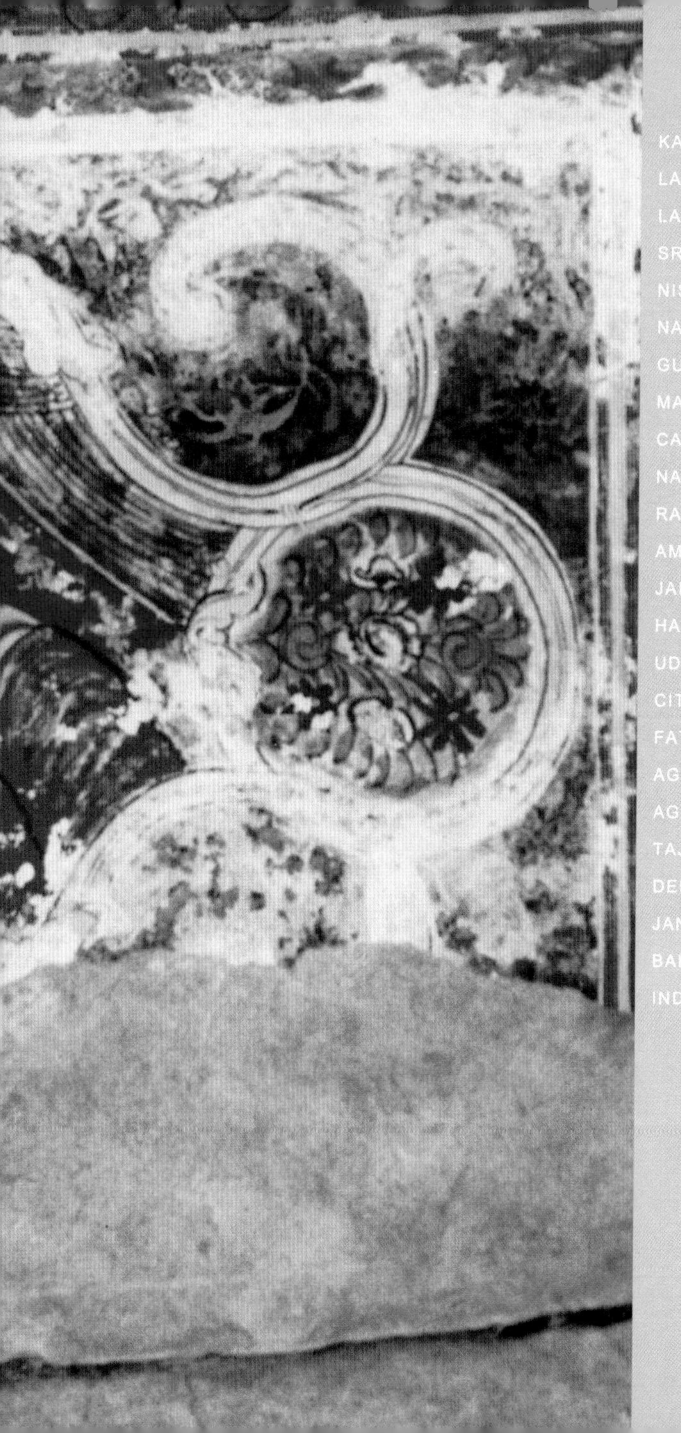

在德里過夜後飛往喀什米爾。喀什米爾位於印度北邊，東邊是喜馬拉雅山，西鄰巴基斯坦，境內百分之九十人口是回教徒的喀什米爾一直希望脫離印度獨立，與虎視眈眈的巴基斯坦時有戰火衝突，因此安檢非常嚴格。我們依照Amy的指示將行李留在德里，只帶些輕便的東西。隨身行李盡量只留貴重物品，電池、口紅等「有可能用來作為製造炸彈的材料」以及指甲刀等危險物品都不可攜帶上機（必須託運）。上飛機前，所有的人都被搜身並且打開隨身行李檢查，Amy說事先不知道會被搜身的遊客，多半會受到很大的衝擊，很不能接受，因此我們行前一直被拚命灌輸「會被搜身喔！」的概念，居然莫名其妙地產生了一種期待。

在喀什米爾與巴基斯坦的戰火衝突升高之

前，有很多歐洲觀光客前來此處攀登喜馬拉雅山，現在登山的人減少很多，來的多半是日本、香港和台灣人。斯里那卡是喀什米爾夏天的首邑，有香格里拉美譽的斯里那卡夏天的溫度是很宜人的。納京湖是斯里那卡著名的景緻，湖水流經面積相當大，在不同地區分別有不同的名字。乘小船游湖是十足愜意的享受，湖面遍生蓮花和蘆葦，在幽祕的水道環生垂楊，密佈水草的湖底游魚繁多，水面不時可見野鴨、翠鳥和魚鷹。販賣鮮花和各種藝品的小船會不時靠近兜售，在湖面上隔船大聲講價。

我們住在湖畔的船屋，用來招待觀光客的華麗船屋內部皆是富有喀什米爾風味的織品家飾以及胡桃木精雕家具，整條船鋪滿了具有傳統瑰麗圖紋的手工地毯，一艘船有三個房間（皆是套房）和寬敞的客廳及餐廳，造價要七百萬盧比（46盧比=1美元）。

在這艘船屋裡，大小事物由一位老先生打點，老先生大半輩子都住在船上，只有每月數日回家與家人團聚，與其說是服務生，更適合的稱呼應該是老管家，咪咪把他叫作老家人。三餐、打掃、晚上燒熱水以及熄燈都是由老家人負責。早上在船屋吃早餐，感覺非常寧靜舒服，喀什米爾這個地方很適合度蜜月，什麼人如果在這樣美好的地方吵架，好像會褻瀆了大自然之神一樣。

靠發電機供電的船屋入夜以後即不再供電。Amy事前曾提醒我們帶手電筒以「方便到別艘船串門子」，由於我沒有串門子的打算，以至於疏忽了「會很黑喔」的嚴重性，根本沒有把帶手電筒當作一回事，結果半夜裡尿意孔急的我可麻煩了，沒想到所謂的「會很黑暗」是真的完全的黑暗，四面八方連一點點光亮都沒有。置身湖面上，當然沒有什麼路燈啦，所有的船都暗了，靜悄悄的，跟盲人的世界沒兩樣。一路靠摸索走進廁所，摸馬桶的位置，摸衛生紙的位置，摸垃圾桶的位置，再摸回床的位置。不幸的是，晚飯的時候大夥在談什麼「因為突如其來的意外慘死的人，會有前世的記憶」這種可怕的話題，使得一片黑暗當中，我的腦子裡全是「恐怖的爆炸」、「爛肉橫飛的屍體」、「背負著記憶尋找前世的鬼魂」這種畫面。盲人可真是辛苦啊！深深有這種感觸。

MARIONETTE US$ 50

INDIAN PUPPET US$ 20

INDIAN PUPPET US$ 20

斯里那卡是蒙兀兒王朝皇帝夏季避暑的去處，在此地蓋了數座美麗的花園。著名的Shalimar花園，意為「愛的花園」，十六世紀時由Jahangir皇帝為愛妻所建，參天樹蔭與古老的庭台有遁世的寧靜味道。蒙兀兒庭園的特色是依山而建的花園當中都有一道引高山雪水而下的水道，在不同的平面建造水池。Naseem花園意為「歡喜花園」，是Atafkhan所建，背山面湖，拾級而下的水流和噴泉彷彿從山上流向遠處湖面的潮水一般。

我們在Naseem花園裡碰到有個老人在為幾個女孩子做henna手繪。自從瑪丹娜在她的《Frozen》單曲MTV裡出現henna手掌飾紋，這種原本是中東、埃及、南亞等地婦女描繪在手心、手背或腳背、腳踝上的傳統飾紋就變成全世界的流行風潮。眼前所見不同的是，原先以天然染料henna在手掌描繪傳統花紋的藝術變成以刻好不同花樣的大小圖章沾上染料直接蓋在手心，原來henna藝術也出現了流行的速食風潮，如果在台灣擺這樣一個攤子，也會受歡迎吧？用圖章沾黑色染料蓋好圖案後，搓上一種油料，再於水中清洗，花色會由黑色變成暗紅色，據說是可以維持兩個禮拜。不過，也許兩個禮拜是對印度人而言，事實上，我也興致勃勃地請老人幫我蓋上的手繪，大約三、四日就剝落精光，可能是城市人太喜歡洗手、洗臉了。

在我們一行人相機喀擦喀擦地對這個奇妙行當拍個不停的時候，一個印度人向我們收起錢來。習慣了「使用者付費」的我們乖乖掏起錢包繳費。同行的一位女記者問：「你什麼事都沒做，幹嘛收錢？」那人露出「哎呀，被你發現了」的表情，呵呵笑起來。印度人實在很有意思，後來我們在德里的印度門前面，也碰到一個小男孩兜售玩具，賣給我們的一位男記者五個一百盧比的價錢，後來卻以十個一百盧比的價錢賣給另一位。被識破後，也是露出這種「被發現了」的笑容，但是可沒有什麼打算有所交代的意思。「這種事情，都已經發生了嘛，還能說什麼呢！」就一個勁羞赧地笑。

回程時遇到暴雨，聲勢驚人，因為我們這一車上有個雨神，就是Cecilia，她說無論她到哪裡去都會下雨。傍晚的喀什米爾十分涼爽，甚至略帶點寒意。當地旅行社的老闆王努先生邀請我們至他的住處參觀。王努先生果然是有錢人，住處是一棟非常漂亮的洋房，三樓有一間大型的展示客廳，從開闊的窗戶望出去，可以看到終年積雪的喜馬拉雅山，景色十分漂亮。大雨什麼時候停了，露出傍晚的陽光，從山腳下的湖邊開始，緩緩升起若隱若現的彩虹，彩虹逐漸往上攀升，在眾人驚呼下形成完美的半圓形。不得了的是，接下來在這一道彩虹的外側又形成一道完好的霓光，我生平至今可是第一次見到如此龐大無瑕的彩虹呢！王努先生的僕人送來剛煮好的奶茶和餅乾，帶有薑味和香料的熱奶茶喝下去很有消除疲勞的幸福感。

王努先生的生意做得不小，不但在納京湖擁有二十幾艘船屋，也經營地毯、織品的生意。手織地毯是喀什米爾最重要的生產。以棉線為底，用羊毛或絲線來編織，每穿一線便打結固定，不可能像機器織的地毯發生抽絲的情況。要辨識地毯織工的精細程度只要看背面的結數密度便可知。王努先生展示一塊一平方英吋內有256個結的地毯，這樣的地毯3×5英尺的規格要花九個月的功夫才能完成。以絲綢織的地毯可以有更密的結數，甚至可達960結/平方英吋，這樣的地毯2.5×4英尺的大小要花三年時間完成。絲綢表面的顏色會隨角度變化而變換光澤，即使是地毯背面的花紋也如正面一般清楚細緻。

在這裡陳列的地毯，價錢從200美金至15000美金不等，其中還有一百五十年歷史的古董。雖然那些地毯美得讓人心癢癢的，但是價格可真讓人下不了手。已經近兩個小時過去了，滿地散置著令人眼花撩亂的高貴地毯，我們這一夥窮人腦子裡塞滿了各種數字（結數，還有價錢），疲憊呆滯地癱坐著。王努先生展示著一條一千美金的華麗地毯，表情凌厲地問誰有興趣。「咪咪，你就犧牲自己救我們全部的人吧！」我們慫恿看起來最富貴的咪咪買一條。雖然王努先生戴著墨鏡，表情高深漠測，但是身為貴族的他看起來一派英武威嚴，讓人有種「不買的話，說不定會被揍」的感覺。回教徒已經是很令人恐懼的剽悍民族了，如果王努先生是弄得不好就會殺人的錫克教徒的話，我大概早就趕快跪下喊著：「買了！買了！全部買了！」

PASHMINA US$ 85

PASHMINA US$ 60

錫克教徒非常好辨認，男子全都纏頭巾，那頭巾纏得之整齊、牢固、漂亮，簡直不可思議，「那個一定是事先纏好了固定起來做成帽子的樣子，只要往頭上一戴就成了吧？」Cecilia總是十分懷疑地這樣問。錫克教徒規定必須隨身佩戴五項物件：毛髮（錫克教徒終身不可以剪頭髮和剃鬍子，因此頭髮纏在頭上，以頭巾包裹）、梳子、短劍、鐵手鐲和內衣。這種習俗實在很奇怪，也惹出不少問題。印度政府規定騎機車必須戴安全帽，但是錫克教徒那一頂頭巾之外可戴不上什麼安全帽，因此引起錫克教的反對，後來鬧上法庭，最後裁決錫克教徒是可以不必戴安全帽的。另外，錫克教徒配戴的短劍也引起多次糾紛。由於武器不可攜帶上飛機，這件事鬧上加拿大法庭，最後仍然是錫克教徒獲勝。

由於我們一條地毯也沒買，接下來王努先生展示的羊毛披肩，我們就捧場得要命。pashmina在這兩年蔚為流行，這種由喀什米爾高山羊毛（特別是頸項底下曬不到太陽部分的毛）織成的披肩，質地輕暖，依據採用的毛料不同（也有兔毛或普通山羊的）和混紡比例，價格也有落差。最昂貴的是一種叫做shahtoosh的羊毛，意為帝王之毛，是用一種高山羊antelope的頸項和腋下的毛製成，這種羊體型嬌小，不同於綿羊的毛只要剃下就可以，為了取牠的毛將其年幼時便殺死，這種羊現在是保育動物，shahtoosh也不易買到，一條披肩價值2000美元，雖然真的是十分柔軟，但是看不出有這種必要。

王努先生示出各種觸感不同的pashmina，解釋其成分的差異，突然間我們每個都自覺成了專家。唔，這個原來是兔毛？在台北買的時候，跟我說是100%的喀什米爾羊毛呢！價格差了十幾倍。此外，喀什米爾著名的是當地風格的手工織花，當然披肩上的花紋也是很重要的，越是精細繁複的紋樣價格當然也越高。大約100～300美元的pashmina可以滿足要求品質和品味的人，至於標準不怎麼嚴苛的人，可以跟上船兜售的小販買條25美元的也很實用。

晚上會有許多小販至船屋大廳擺攤，包括首飾、皮背心、皮袋、漆木盒、pashmina等，美金和盧比都可以用。殺價是必須的，不過沒有什麼標準，別問我應該殺多少比較好，真的喜歡這個東西，開出一個自己覺得可以接受的價錢，我想這就是唯一的原則。這個原則在印度到處都適用。來到印

TAPETRY CUSHION COVER US$ 10

由於喀什米爾近巴基斯坦邊境，到處可以看得到軍人，上山的路上有好幾處臨檢，也有幾處需要繳費。越往高處走，樹林的景緻變化越大，原來積雪山頂的遠景也愈發增加它華美的魄力。來到海拔兩千七百公尺附近，這裡有廣闊的草原，一見我們到來，遠處的馬伕便匆匆忙忙騎馬奔近，為了搶生意最後打成一團。終於一人一匹馬上路，很不幸地我被分到一匹最瘦弱的老馬，毛幾乎都掉光了，一副倒楣相。馬伕們在底下牽著馬走，我這匹馬果然殿後，且落後一大截，在藍得彷彿是魔術的天空底下，我的馬伕沿路不停地問：「Madame，你快樂嗎？你的快樂就是我的快樂。」令人哭笑不得。

下馬處是一個高爾夫球場，這可是世界最高的高爾夫球場喔。我們碰到一組印度電視台的攝影人員，自稱是Discovery頻道的，看到我們這群外來者，便徵詢我們是否可以打打高爾夫球讓他們拍幾個鏡頭。由於在台灣的Discovery頻道播放的都是外國影片，似乎沒有印象該頻道在本土有自製節目的，會生出「這些人真是Discovery頻道的嗎？」的懷疑也是自然而然的。一路上我們一直大剌剌地四處拍照，多多少少有點「到落後國家獵奇」的不良心態，這下子倒過來被印度人拍攝，不覺令人莞爾。「喂，你到這裡來，往這個地方看。」那個中年發福的導演這麼說。「你，把球往這個地方打，然後向遠方望過去。」我們一個一個乖乖地按照導演的指示做。只是在印度播出，沒人會看到吧？後來在德里的旅館裡，我看到Discovery確實播放的是印度自己拍攝的報導紀錄片。搞不好真的會有人看得到哩，然後發現「那個傢伙得意洋洋地說什麼在喜馬拉雅山上打高爾夫球，結果連握桿的姿勢都搞不清楚嘛！」那可就糟了。

INDIAN SANDAL US$ 0.5

我們在回程途中碰到一次大塞車。由於之前便屢屢碰到前一天的暴風雨造成斷裂倒塌的樹幹橫陳在馬路中間導致交通阻隔，所以也不以為意，剛好車停的位置在一所男子學校門口，裡頭的操場上坐滿了年輕男孩子，其中一個站在最前面大聲唱著歌。我們全都下車來拍照，一發不可收拾，流連忘返，司機慌慌張張地跑過來催我們上車，落荒而逃似地倉皇繞道離去，後來才知道前面發生了爆炸案。有個賣冰淇淋的小販推車至軍營前，一個軍人走過來買冰淇淋，在毫無預警的情況下突然發生爆炸，造成五人死亡，有兩人是無辜經過的路人，兩名軍官受傷。原來冰淇淋小販是游擊隊的偽裝，將炸彈綁在身上的自殺狙擊行為是他們常用的手法。

喀什米爾的風俗習慣與印度相當不同，想要獨立也是可以理解的，雖然大家對喀什米爾的印象大致是如此，但是這樣鬧下去，根據古瑪爾的說法，喀什米爾人也很受不了：「放著好好的日子不過，弄得人人心驚膽顫，連觀光客也不敢來了，那可是我們重要的收入呢！」台灣人大概多多少少可以體會一點這樣的心情。不過，想安穩過日子的人和積極爭取獨立的人，好像很難去替對方的立場著想。前者既不會體諒地認為：「唉，既然人家都已經犧牲了。我們也就不要太計較了，雖然對無辜的人來說確實是不公平，但是也沒有辦法。」後者也不會抱歉：「之所以這麼做，我們也都是為了大家好，對大家造成這麼多困擾真是不好意思。」雖然我也多多少少會對這些瘋狂游擊隊發出「這些人到底在搞什麼」的疑問，但是會把炸彈綁在自己身上像神風特攻隊一樣自殺去完成任務的人可不是什麼吃飽了飯沒事幹，盡做些無聊事的人，而是非常嚴肅、認真地認為非這樣不可，別的都不行。

就因為時有這樣的狀況發生，我們離開喀什米爾要上機前歷經的檢查可說是生平僅見。真的是很專業的搜身噢，全身上下都被女警摸了一遍，胸部或者是跨下都少不了，但是動作很專業熟練，絲毫不會引起什麼不當聯想，雖然如此，還是會讓人有「光憑這樣輕巧的觸摸能搜出什麼來呢」的疑問。台灣女性對有各種奇怪名堂的內衣很有興趣，內裝水袋的啦、有按摩顆粒的、多層立體襯墊的，喀什米爾人可沒見過這些花樣，「咦，這是什麼東西？該不會把危險物品藏在裡面吧？還是脫下來看看比較好。」萬一這樣

CURRY SPISE US$ 0.5

想，後果不堪設想，為了怕發生這種事，我特別穿了毫無襯墊和鋼絲的內衣哩！

為了防止劫機的情形，不准攜帶隨身行李，只能帶一個放置貴重物品的小包。在這裡我要奉勸各位，如果要前往喀什米爾，特別是在搭機離開之時，隨身行李務必簡化到最高點，只放錢包和護照是最好的，多一樣東西都是自找麻煩浪費時間。雖然Amy已經事先提醒過我們，但是究竟能檢查到多仔細嘛，不過是些無傷大雅的小東西，不會被為難吧？就是有這種不知好歹的自信產生。結果我的多夾層皮包被地毯式搜索，超級仔細地檢查有沒有東西縫在裡布裡，不幸我還塞了一大堆有的沒有的勞什子，面速立達姆要打開來聞一聞、一疊名片每一張都要翻翻、筆記本也要打開來翻一下，胃藥、暈車藥都要仔細檢查，面紙包也檢查得很徹底，計算機絕對要看電池是否拆掉了，對防曬油也十分狐疑，所有不明事物都要詢問，像是旅行社的DM、OK繃……整個過程冗長又令人緊張，如此要來個好幾次。攜帶各種專業相機器材的夥伴們最是不幸，有的連相機都被要求拆開。在機場內買的東西必須打包好再跑出去辦理託運，種種手續弄得每個人到後來都失去耐性，頭髮豎立起來，「這些喀什米爾的笨蛋，他們以為這樣搞真的可以阻止劫機嗎？只是徒增沒有傷害性的老實人的麻煩而已。」話雖如此，如果連賣冰淇淋的人都會爆炸，誰不會變得神經質呢？

JEWELRY BOX US$ 1~5

從喀什米爾飛往德里以後，換遊覽巴士到曼達瓦。此後我們拜訪金三角（德里、捷布、阿格拉）的行程都是坐巴士。印度的國內飛機實在是很不可以信任的，Amy說，不但是班機的時間不能確定，有時候連地點都會變化！Amy說起某次帶遊客從卡修拉荷要至阿格拉，飛機起飛後空服人員卻跑來對Amy說：「這班飛機今天不飛阿格拉，改飛德里，沒問題吧？」真是開玩笑，這個時候說有問題，還能怎樣呢？發生這種事，是因為阿格拉是軍用機場，經常會有由於「軍事理由」不能降落的情形。古馬爾的經驗更有意思，他在阿格拉等候遊客，結果飛機從頭上飛過，過站不停，飛到瓦拉那西。第二天那一團人一大早從瓦拉那西欲坐回阿格拉，結果古馬爾沒看到飛機降落——又飛到德里去了。所以說，還是乖乖地坐巴士比較好喔。

坐巴士唯一的缺點是上廁所不易，如果真的尿急，只好臨時就地解決。好在我們的司機飆車十分兇猛，「如果古馬爾你不要廢話那麼多佔據音響，一邊聽音樂的話，可以開得更快喔！」那個司機這麼說。一邊聽錫克教的靈歌，好像會戰鬥力很高昂的樣子。

曼達瓦原是拉賈斯坦內的一個公國，這個小鎮地形是荒涼的沙漠，以古堡為中心，呈現一種獨特的風情。古堡現今改建成旅館，我們抵達時已是夜晚，旅館主人在花園為我們安排了自助式晚餐（不幸我們在車上已經三明治吃到飽，一點食慾也沒有），晚餐前還有奇妙的表演，有位老者兩手持火把以怪異的姿勢扭動著肩膀進場，古馬爾解釋老人已年過九旬，這個舞蹈其實原來是為國王先嚐食物以測試是否有毒的一種儀式。老人先前在這皇宮裡服務，可先後經歷過三個國王呢！「為三個國王嚐過食物，還能活到現在，真是不簡單。」Cecilia喃喃自語。後來就屬Cecilia最會模仿老人的詭異扭動，維妙維肖。「重點就是啊，肚子要用力挺出來。」Cecilia一本正經地說。

這個皇宮古堡華麗非凡，每一間房間的格局及裝飾都有所不同，房間內有高低平面落差，動線巧妙，房間內的樓梯或拱廊也是情調獨具，除了木雕家具及織花窗簾、地毯，還有拉賈斯坦風格的鞦韆和躺椅。雖然是如此王宮貴族的品味享受，但是奇熱無比，除了冷氣前面一公尺範圍內，整個房間是酷熱難當。由於抵達時我們都疲倦不堪，第二日又要趕早，有人說隔日清晨五、六點起來拍攝古堡照片，聽起來不太可行，沒想到早上近六點我走到露台上，所有的人都已經在拍照了。「房間裡實在熱得待不住。」每個都這麼說。

趁著清晨的太陽還不算烈，騎駱駝至古堡周圍先逛一圈，然後步行參觀此地饒富特色的建築遺跡。這些牆上飾滿壁畫、昔日光燦富麗的建築現今都已斑駁褪色，有些建築現有人居住，古馬爾說是「看管這些古蹟」。此地居民大概是此行所見除了吉普賽人之外最窮困的了（其中也有吉普賽人），小孩子們一路跟著我們，牽著我們的手不放，要糖果和筆。一個小男孩很快「認養」了我，牽著我的右手好像天塌下來都不會放的樣子，另一個男孩跑過來牽我的左手，我的「監護人」立刻揍跑他。「這個人我已經認養了，你可沒分！」我猜大意是如此。

後來我們與曼達瓦國王見面，印度獨立以後，當然也沒有什麼國王可言啦，不過，我們還是把這位已經改行成為旅館老闆的 Kesri Singh當作國王來看待，對方也認真地換上禮服與我們輪流拍照。太陽落下以後，國王與其弟弟在陽台上和大家閒聊，每個人也盡責地提出問題。Cecilia問Kesri Singh是否在皇宮裡居住過，結果好像捅了馬蜂窩一樣，國王和親王兩個，非常激動地表示他們一直住在皇宮裡，從未離開過。「真抱歉，我好像問錯了問題。」Cecilia尷尬地小聲說。雖然已經失去了王位，不過曾經是國王者大概永遠不願意面對這個事實。古馬爾後來說這個國王是「有錢但是沒腦子」的人，大概是生來只當過國王的人，對現實不太了解，想要做生意，很容易就給狡猾的商人耍得團團轉。

BAG US$ 25

HANDBAG US$ 15

捷布城郊最有代表性的城堡就是建在捷布城外九公里的Amber Fort，翻譯成安珀堡，但是Amber這個字的「b」是不發音的，所以應該念作「阿瑁堡」才對，古馬爾很不以為然地說。所以我們就說阿瑁堡吧！阿瑁堡建在山上，地勢險要，築有模樣與萬里長城大致相像的城牆圍繞，有27公里長。遊客可騎大象上山，一隻大象可乘四個人，兩人一側背對背坐。不知為何，我屁股下的座位逐漸開始向下傾斜（搞什麼嘛，看起來好像是我這邊太重似的），到了後來我覺得十分有可能會掉落到象肚子那裡去，萬一摔至地上，搞不好會被踩死。因為這種恐懼，以至於烈日曝曬和這隻落後老象動作的奇慢我都忘了。

阿瑁堡在入口附近有個名為「Diwan－I－Am」的廊廳，就是公眾大廳，是皇帝聆聽人民意見的地方，國王會親自審理一些犯罪案件，旁邊的空地則是觀賞死刑執行處，當時的死刑就是讓大象踩死犯人。好險哪，差點就在這個地方給大象踩死了。但是訓練大象成為劊子手（應該說是殺人機器），這種作法對大象實在很不公平。

捷布分為新、舊城，「風之宮殿」和「城市宮殿」都在舊捷布市區裡。舊捷布在1876年時為了歡迎英國王室來訪，特別將城內建築全部漆成粉紅色，有「粉紅城市」之稱。城市宮殿有一部份開放為博物館，這個宮殿建於1726年，由Maharaja歷代君王（其實只能算王公啦）擴建完成。這些君王裡，有一位特別引人注意，就是有兩百五十公斤重的肥胖Madho Singh-I，博物館內展示了他的碩大袍服，算是目光焦點。古馬爾一一敘述歷任君王的事蹟，那麼Madho Singh-I呢？「那個傢伙啊，什麼事都沒做。」古馬爾說，「他的特色就是胖而已。」

博物館中陳列歷代Maharaja的服飾、織品、武器、器皿、手稿、繪畫、大象坐墊等。武器當中有一種狀似剪刀的東西，按下手柄前方的機關，刀刃會彈開呈剪狀。「只要刺進敵人肚子裡，就會讓對方腸子開花啦！」古馬爾解釋。戰爭的時候，只要是為了阻撓敵人進攻，真是什麼噁心的事情都想得出來哩！曼達瓦城堡大門上所釘的防敵人大象的銳利鐵釘，或是阿格拉堡城牆設置的傾倒硫酸的水道，都令我有這種感覺。不過，在兵器裡有一樣常常出現的東西倒很有趣，「那個模樣像抓癢扒子的，是什麼武器啊？」Felix問。

「就是抓癢扒子啊！」古馬爾乾脆地回答。說的也是，抓癢這種事，就是在作戰的時候也是重要的大事。如果背上癢卻抓不到，大概也很難專心退敵。

依照Amy的說法，亞歷山大擴展疆土至印度後，看到一邊是喜馬拉雅山，另兩面環海，以為到了世界的盡頭，竟然潸然淚下。什麼！這就是世界的盡頭了？簡直就是意猶未盡地班師回朝了。古馬爾說亞歷山大打敗印度人，俘虜了國王Baurus，「你要我怎麼處置你呢？」他問Baurus。大概是要對方選擇自殺或者受死。結果這個印度國王目光凜然地說：「你我同樣是軍人，如果你換作是現在的我，你會怎麼做？」亞歷山大沉思半晌，便放了他。Baurus明知打不過亞歷山大，卻仍然奮勇迎戰，而亞歷山大做出放走他的決定是很不容易的，以回教國王的作法，一向是「管他的，先殺了再說」，古馬爾讚嘆這二人「只有真正軍人的本色才會如此」。不過我在阿里安的《亞歷山大遠征記》裡，並未看到這一段。不但沒有把印度人描寫成具有英雄本色的軍人，反而以「未開化的土人」來形容，說什麼「印度人在和亞歷山大打仗時，還敲鑼打鼓地跳舞」哩！真不曉得是怎麼一回事。

從捷布到阿格拉途中經過勝利宮，距離阿格拉三十六公里，這座由阿克巴大帝於1575年建造的紅砂岩宮殿，是蒙兀兒王朝的建物中雕刻最多的。據說阿克巴大帝在此處遇到一位聖人Saifu Chishti，預言他信奉印度教的妻子（阿克巴的妻子裡頭，有信回教、印度教、基督教的）會生兒子，後來果然成真，阿克巴因此將首都從阿格拉遷至此，不過後來因為水源的問題，又遷回阿格拉。

阿格拉堡也是阿克巴大帝所建，但是歷任三代皇帝擴修，呈現多樣性的風格。在最西側有一個廣場是舊日宮廷內女性購物的市集，因為這些女性不得外出，所以讓商人聚集在此滿足女人的血拼慾。沙・賈汗就是在此與泰姬瑪哈初遇。

從城堡靠亞穆納河的一側可以眺望泰姬陵，沙・賈汗晚年被兒子囚禁在城堡內的八角樓塔，據說臨終前已無法起身走到窗邊的他，總是藉著鑲在牆壁上的寶石，透過映在其中的泰姬陵影像一解思念。現在這顆寶石當然是不存在啦，但是遊客一定會以小鏡子安在寶石原鑲嵌處，「喂，讓開讓開，擋住泰姬陵啦！」不停地有人揮手趕開聚在陽台上的人，噢，果

Stand, tray,
mini Sticks
4 Kinds of
fragrance
mini incense set
Stand, tray,
mini Sticks,
mini Cones
12 Kinds of
fragrances
mini incense set

INCENSE US$ 5

INDIAN INCENSE US$ 2.5

DARJEELING TEA US$ 10

然泰姬陵不偏不倚地映在鏡子中，一定要這樣確認才滿意。古馬爾說這顆寶石現在在英國女王的皇冠上，印度人屢次要求歸還，英國人都相應不理。如果英國女王頭上那顆寶石真的是古馬爾說的這一顆，背負著如此重大的意義，無非是令人心碎的愛情象徵，那麼英國人厚著臉皮就太不應該了。但這兩顆寶石究竟是否同一顆，我卻查不到資料。

泰姬陵原先於星期一修館，但是我們抵達印度時卻改為星期五个開放，我們只好調整行程，更改於星期日參觀。很不幸星期日的泰姬陵就和假日的國父紀念館或中正紀念堂一樣，擠滿了來自各地好不容易得了假期前來休閒娛樂的民眾，簡直與菜市場沒兩樣。

泰姬瑪哈在與丈夫同赴戰場作戰時生下第十四個兒子後死亡，沙・賈汗決定以純白大理石建造一座陵寢以紀念她。泰姬陵所用的大理石產地在300公里外，馱運的大象走到該處要花三年，來回得需六年。泰姬陵花費二十二年的時間完成，在城門頂上前後各有十一個小圓頂，每個小圓頂代表一年。泰姬陵的大理石表面以各色寶石鑲嵌植物花葉的圖紋，門扉周圍的可蘭經文則是由黑色大理石嵌入的。純白的泰姬陵於不同的時刻會呈現各種不同的色彩，或金黃或粉紅，或大藍、湛紫，个幸這樣奇詭的絢麗景象只有在攝影集和名信片上看到，現場只有日落前一片慘白的鬱悶天空，和萬頭鑽動的印度人。登上泰姬陵得要拖鞋，鞋子一脫，地面燙得我亂跳 陣，躺在地底下的泰姬（地面上的泰姬與沙・賈汗的棺木只是象徵，真正的泰姬墓在地下室，從入口處可隱約瞥見階梯盡頭處的棺木，許多硬幣散落階梯上，簡直把這裡當作許願池）每日遭絡繹不絕的遊客腳臭騷擾，再也沒有比這更令人搖頭的了。

因為怕自己無法承受悲傷，沙・賈汗生前總是從阿格拉堡渡河至泰姬陵地下室入口，不曾從大門走過。泰姬陵中，泰姬的墓較小，置在中間，沙・賈汗的在左邊。這樣的不平衡配置顯得十分突兀，原因是泰姬陵的設計是為了置放泰姬的墓，沙・賈汁並未料想到自己也會葬在此，因此未預設自己的位置。或許沙・賈汗並非沒想過與所愛葬在一起，只是沒想過自己也會死吧！

我問古馬爾帶團的工作是否繁忙。「可辛苦呢，」古馬爾猛點頭。「有時候才送一團人上飛機，同時就在飛機場接下一團。」我很好奇古馬爾帶過這麼多外國人，而多數的觀光客對印度的評價都是「貧窮、落後、懶惰」的國家，「古馬爾難道不會難過嗎？覺得對印度人來說不太公平吧？」我問。「什麼落後？印度才不是落後的國家。」古馬爾很快地反駁，「印度的電腦軟體工業技術，可以算得上世界第一呢！要說落後的話，孟加拉才落後哩！你沒去過孟加拉，那種地方才叫落後啦，印度才不落後。」我聽了大笑，「哪有找一個更落後的國家來證明自己不落後的。」如果是這樣，跟非洲某些部落相比，全世界都是先進國家啦！

「印度是很強的國家喔，美國和中國都很怕印度哩！他們利用緬甸、斯里蘭卡嚴密監視印度。」古馬爾認真地說。

雖然當下只覺得這是古馬爾的愛國心、民族意識發作，不過回去以後看到報紙，果然美國以將印度視為「未來的強權夥伴」的態度表示友好，並且可望解除一九九八年印度進行地下核試爆導致與巴基斯坦的核武競賽而對印度施行的經濟和軍事制裁。不過，美國這麼做，倒並不是如古馬爾說的「很怕印度」，而是「很怕中國」，希望聯合印度來牽制中共。

古馬爾在印度修過三年中文後，被派至北京深造了兩年，在那裡認識了現在的老婆。古馬爾的老婆也是印度人，種姓是最高的婆羅門，古馬爾只是第三階級而已，這樣看來深入人心牢不可破的種姓制度也逐漸淡化了（法律雖然明文禁止，但是這種自古即以宗教型態像緊箍咒一樣鎖著印度人民的制度並不容易打破），否則，古時候婆羅門的身分等於神一樣，腳拇指浸過的水像古馬爾這樣的階級要謙卑地供在家裡每天小酌一口以保平安呢。古馬爾的老婆如今在德里大學教授中文，嫁了古馬爾以後種姓降為第三階級。這已經比以前好多了，過去像這樣男子娶比自己種姓高的女子，簡直是大逆不道，全家都要被打入最不堪的低等境地。種姓制度對印度的傷害，去年的諾貝爾文學獎得主奈波爾在他的書裡說得很清楚，是的，現在人人韃伐這個古老的制度，不過，我在閱讀關於印度教的書籍後，領悟到種姓制度最早的觀念其實是有價值的，應該說，有它對於人類生命位置哲學的思考的，只是對已經腐化和墮落的人類來說，是行不通的。

「喂，你說說看，是印度的女孩子好，還是中國女孩好？」我問。古馬爾在北京留學過，我想中國女孩跟印度女孩應該很不同吧！古馬爾很艱難地回答中國女孩好。我後來才領悟到原來是不想得罪我。

印度女人非常漂亮，小女孩幾乎個個都是美人兒，兩排漆黑睫毛跟刷子一樣。雖然印度的傳統裡頭對女人限制頗多，我們參觀的古堡裡頭，幾乎都有為女性設計的只能往外瞧而外頭完全看不見裡面的建築，回教女人更是把自己包得密不透風，不過，在自己喜歡的男人面前，印度女人應該很妖媚吧？可惜中年以後發福的很多，紗麗裡頭的短上衣底下迸出一團肥肉，看起來十分恐怖。

古馬爾說印度人口已經破十億，人口普查剛剛完成，政府很高興地宣布人口下降2％。「2％可是很大的數字哩！根本是不可能的。」古馬爾搖頭說，「很多印度人並沒有申報戶口，這個數字其實一點也不準。」很不可思議的，印度並沒有身分證制度。德里曾經實行過核發身分證，但是執行起來困難重重。所以，並不是每個人都有身分證的，如果沒有辦理戶籍登記，政府也不知道有這個人。

印度的人口到底呈現什麼局面，好像搞不清楚，但是依照古馬爾的說法，要控制人口不太容易，比如說回教徒吧！可蘭經鼓勵多生——多生以達到佔領世界的目的！結果印度裡頭回教的人口增加到13％了喔！相形之下，基督教採取另外一種「佔領世界」的攻勢，就是進行傳教，把非自己教派的人改造成為信徒，比起自己生出信徒的作法，雖然不牢靠，但是要環保一些。

印度是在數千年前便有輝煌文化的歷史古國，今日卻成為一個難以和西方國家競爭的貧弱國家，事實上印度也非唯一的例子，大部分「早慧」的古國現今多如此。我想這可能是因為這些國家擁有自己的一套文化，如今硬是要被放置在新興國家制定的價值觀和遊戲規則裡，自然水土不服。印度人有屬於自己的生活方式，有沿襲已久的風俗制度，即使是法令已經明文禁止的，私底下印度人仍然在奉行（或者不能說「奉行」，而是習慣使然。有時候習慣一旦內化，已經沒有什麼好壞可言）。我老是聽到有人問，印度人為什麼不這樣，印度人為什麼不那樣，「你們為何不如何如何做呢？你們的政府有沒有怎麼怎麼啊？這些吉普賽人如果怎麼怎麼不是會比較好嗎？」這樣的疑問未免愚昧可笑，或者應該說是，以自我為中心。

「印度人實在應該感謝英國人喔！如果不是被英國人佔領的話，印度可永遠不會進步呢！」我真為這種說法感到可悲。也有很多台灣人認為日本殖民為台灣建設做了很大的貢獻。好吧！如果不是日本人的話，我們或許還在獵山豬為食，月圓的時候喝小米酒喝個爛醉，沒事的時候唱歌跳舞咧！那真是抱歉了，我個人覺得這樣的生活聽起來還比較不錯。

回德里以後，古馬爾一直說要帶我們去百貨公司，我們對此冀望很大，離開喀什米爾以後我們幾乎沒有機會買東西。對一個有物質惡習的城市人而言，出國沒有購物簡直是個悲劇。結果SAGA百貨公司很出乎我們的想像，這是一棟三層樓的洋房，處在一群古馬爾說是「非常有錢的人才住得起的高級住宅區」當中，模樣根本看不出與「百貨公司」這種場所有何關聯。SAGA這個名字很有意思，和日本的SOGO有令人莞爾的相似之處，原先確實是與SOGO的合作，後來沒談成，變成印度血統的SAGA。這裡只有觀光客和居住在印度的外國人可以進入，一般印度人是不准進入的。

SAGA販賣的物品，包括珠寶首飾、絲巾和披肩、地毯及各種織品、雕刻藝品、設計師服飾等，作工之精緻高雅，超過之前我們所見過的，但是價值可也不菲。我在此買了一件紗麗，是由負責該櫃的一位印度中年婦女為我選擇的鑲金邊淡紫色絲料。這位女士替我穿戴起來，魔術一般雍容典雅，雖然昂貴，當下就毫不考慮地買了。咪咪說紗麗的妙處是任何人穿起來都像印度人，但是從鏡子裡看到穿上這件粉紫紗麗的自己，覺得更有古希臘人的味道。回去按照手冊指示自己穿上，不曉得怎麼回事就是不太對頭。

晚上興致勃勃地看印度的電視節目，很奇怪印度至今仍然保有相當的傳統色彩，街上的女孩子穿的都是傳統服裝（除了紗麗以外，最常見的是絲巾加上長至膝蓋以下的洋裝，下著同色系的長褲，據說是改良式的印度服），流行歌曲也是非常印度的調調，電影更是清一色歌舞劇。「印度人喜歡看呀！」古馬爾露出理所當然的表情。難道印度不拍一點現代化的、寫實一點的電影？這種傳統歌舞電影在外國人眼中，簡直像是化石一樣。不過，也許印度人的想法更實在一點。寫實的東西我每天可看夠了哩！打從一睜開眼睛就看到太陽下山，這種事情也要花錢看你拍給我看？

印度的歌舞劇真的很有意思喲，多半是富家千金愛上窮小子，或是貴族公子看上貧寒少女，諸如此類的浪漫愛情喜劇。情節十分令人噴飯，我看到一個模樣十足花花公子的俗氣男人與一個裝扮華麗的年輕女子一路調情，兩個人從花園跑到海邊，又從海邊跑到山坡上，一路唱跳個不停，男的一直挑逗女的，女的表面上拒絕，其實很高興的樣子。後來那個男的不斷把好像是豆子之類的東西往女的臉上丟，結果女的每被一丟就露出非常陶醉的模樣，實在非常奇怪。某些東方古老的部落有以撒豆子來趨魔的習俗，說不定這女的被傳言是以美色蠱惑人的妖怪，這男的不信邪，用豆子丟她，果然她不但不害怕，還很忘情的樣子。這是我自編的劇情。總之，我看得十分入迷。

音樂頻道（類似MTV或是channel V）也很有意思，雖然一群人hip-hop感十足地排成幾列像是在跳街舞，但是卻融合了印度傳統風味十足的舞蹈動作，主唱的兩個傢伙（搞不好是一個人，只是穿不一樣的衣服，我實在分不清楚）帥氣地彷彿紐約黑人般手舞足蹈，但是頭上戴著錫克教的頭巾……更別說是歌曲啦，實在是很印度的舞曲哩！這樣的音樂錄影帶，我也是看得目不轉睛，樂趣無窮。

印度這個地方幅員廣闊，我接觸到的也不過九牛一毛，寫這篇文章也顯得很心虛，當然還想再去。不過九月以後至隔年四月是比較好的季節，其他時間不是雨季就是酷熱。此番我待在印度的時間，除了喀什米爾那一段，溫度都在攝氏四、五十度，一走出巴士整個人就好像迅速蒸發一樣。早上起床時還興致勃勃、活蹦亂跳，過了中午就被曬得奄奄一息。Yun說關於旅行啊，舒服的事情記不了多少，辛苦的部分倒是常常想起來。的確是如此。

HAND CARVED WOODEN CONTAINER US$ 25

HAND CARVED WOODEN CONTAINER SHAPE OF LEAF

US$ 25

प्रवेश प्रारम्भ 15 मई 2000
छात्रावास
पटवार घर के पास

COAST TO COAST

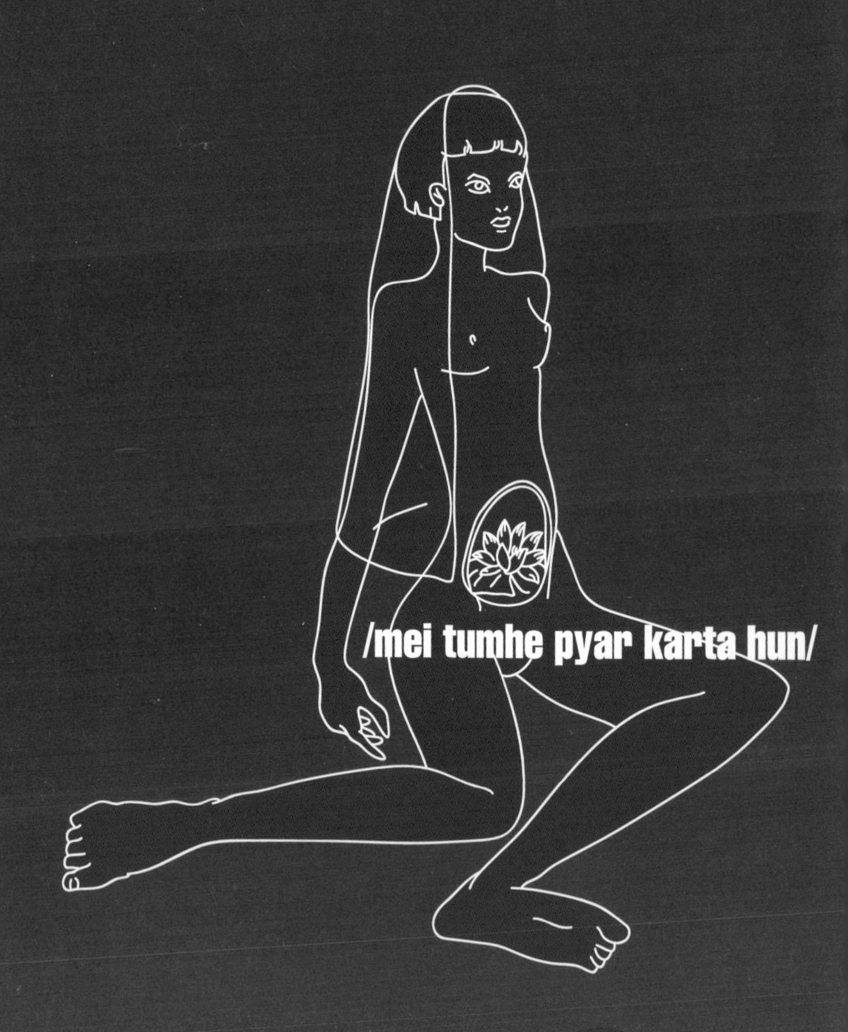
/mei tumhe pyar karta hun/

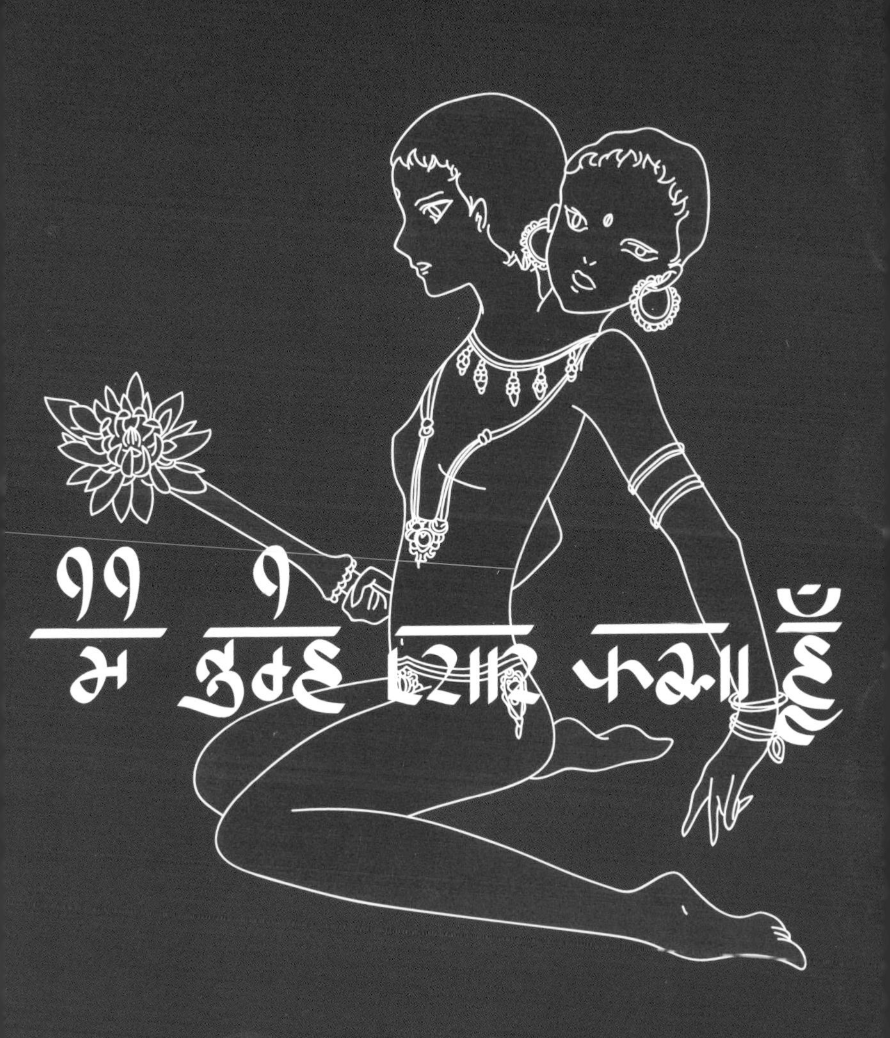

/phul/

/rang/

/bachha/

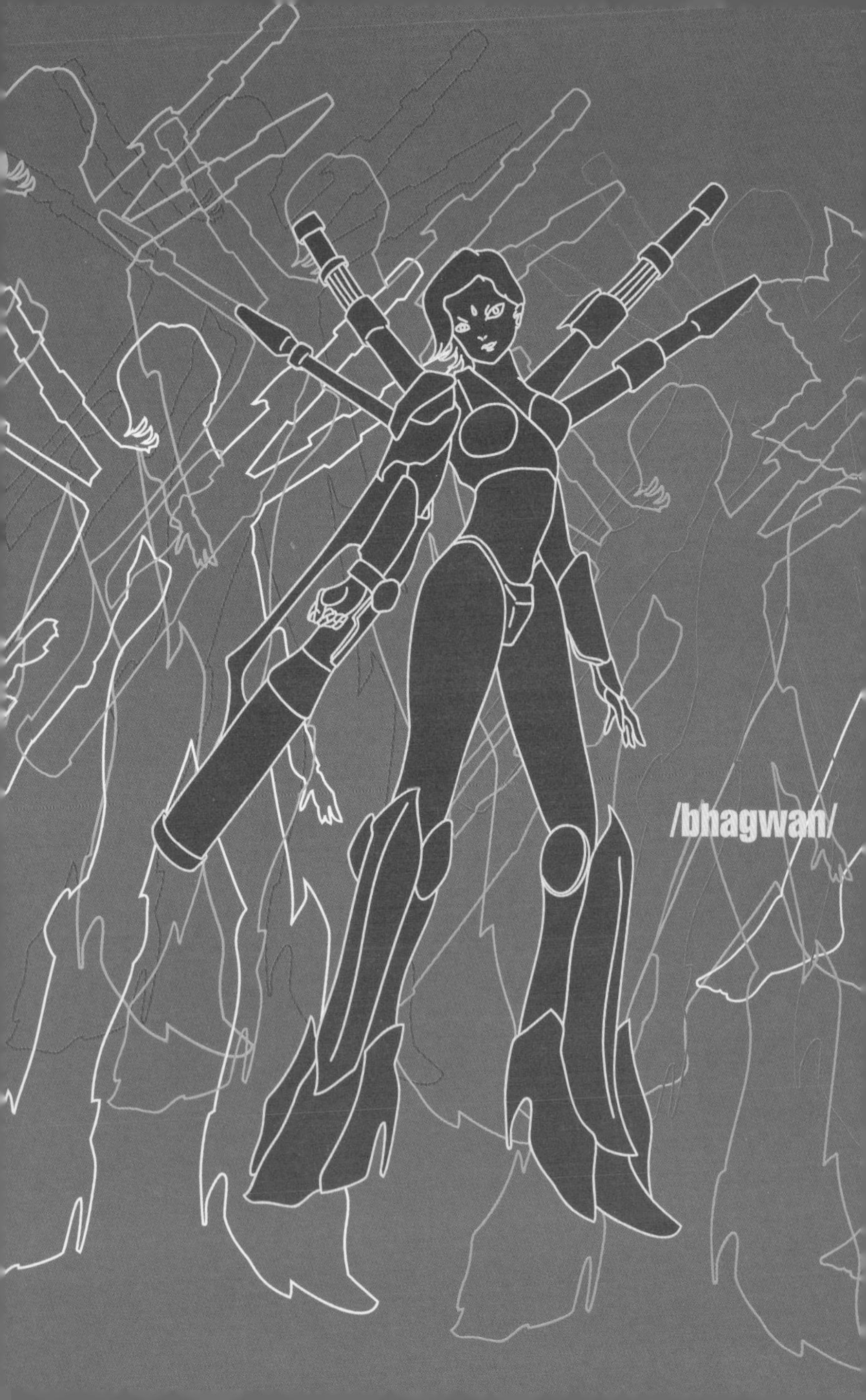
/bhagwan/

/auraat/

११
आमत

SHOP
मोजड़ी
WEL COME

NO PARKING

Polo

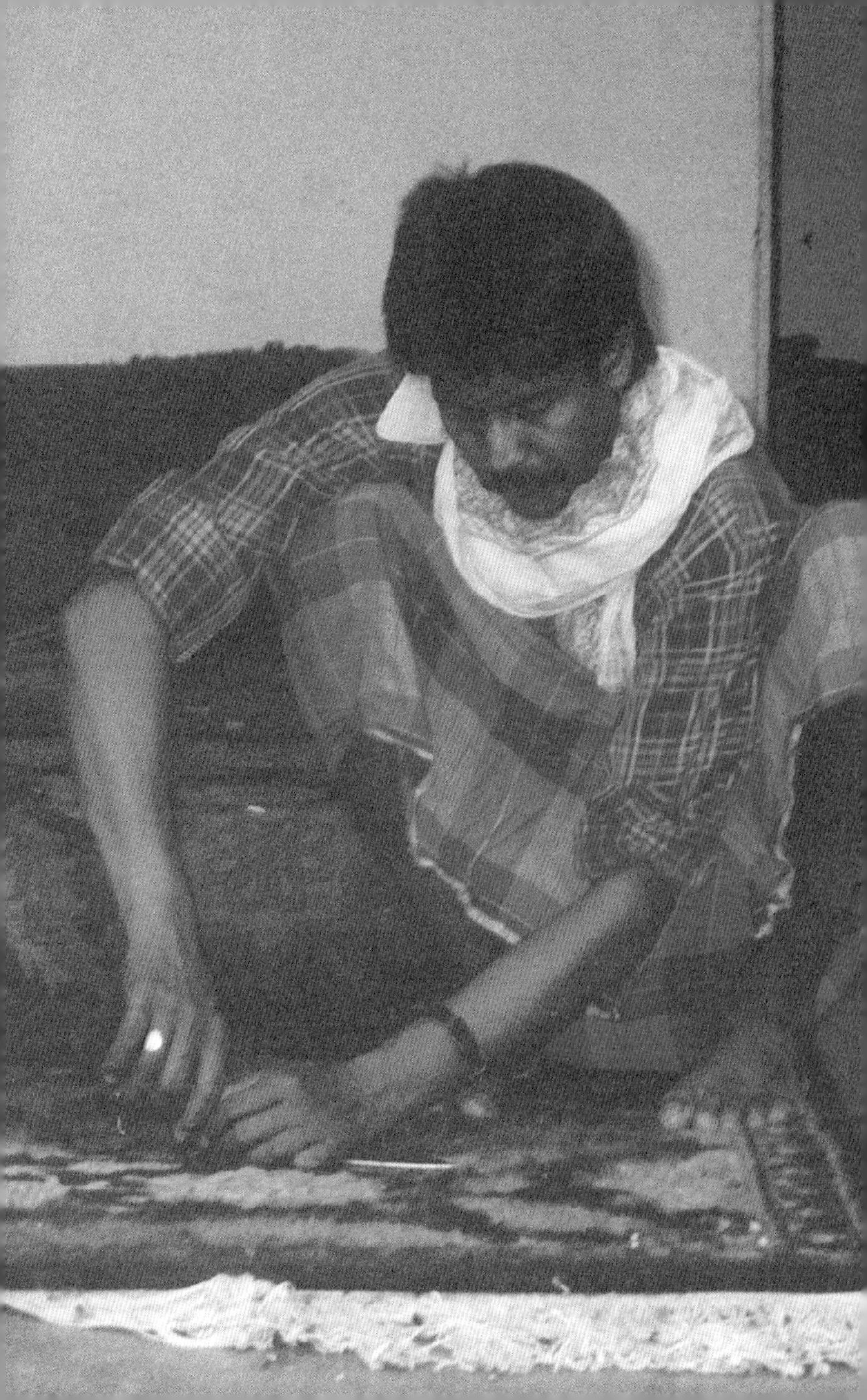

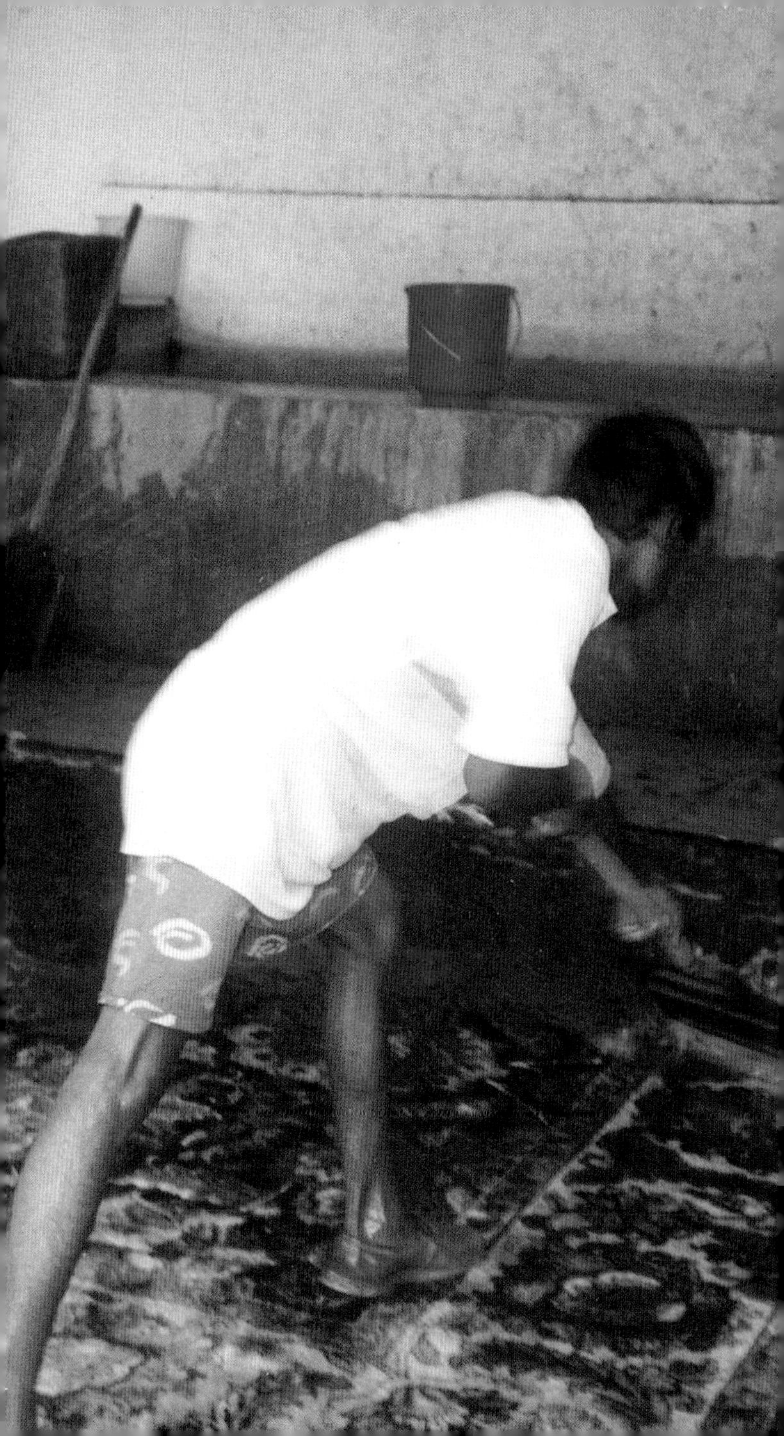

M·K·I

KFT

TRANSPORT Co.

Committed to

Natural BEAUTY CARE
HERBAL COSMETIC SHOPPY
2ND FLOOR
Slar Clinical
LABORATORY

魔術奇花 MACIC FLOWER

作者 成英姝

發行人 張書銘

社長 初安民

責任編輯 黃筱威

校對 黃筱威 成英姝

出版 **INK**出版有限公司

地址 台北縣中和市中正路800號13樓之3

電話 02-2228-1626

傳真 02-2228-1598

e-mail ink.book@msa.hinet.net

法律顧問 現代法律事務所

郭惠吉律師 林春金律師

總經銷 成陽出版股份有限公司

電話 02-2668-8242

傳真 02-2668-8743

郵撥帳號 19000691 成陽出版股份有限公司

印刷 海王印刷事業股份有限公司

出版日期 2002年10月 初版一刷

定 價 240元

ISBN 986-7810-01-5

Published by **INK** Publishing Co., Ltd.